Mano descobre A SOLIDARIEDADE

Esta edição possui os mesmos textos ficcionais da edição anterior, publicada pela editora SENAC São Paulo.

Mano descobre a solidariedade
© Heloisa Prieto e Gilberto Dimenstein, 2000

Gerente editorial Claudia Morales
Editor Fabricio Waltrick
Editora assistente Thaíse Costa Macêdo
Diagramadora Thatiana Kalaes
Estagiária (texto) Raquel Nakasone
Estagiária (arte) Júlia Tomie Yoshino
Assessoria técnica Dr. Paulo V. Bloise
Preparadora Lilian Jenkino
Coordenadora de revisão Ivany Picasso Batista
Revisoras Ivone P. B. Groenitz, Luciene Lima e Lucila Barreiros Facchini
Projeto gráfico Silvia Ribeiro
Assistente de design Marilisa von Schmaedel
Coordenadora de arte Soraia Scarpa

CIP-BRASIL. CATALOGAÇÃO NA FONTE
SINDICATO NACIONAL DOS EDITORES DE LIVROS, RJ

P949m
2.ed.

Prieto, Heloisa, 1954-
    Mano descobre a solidariedade / Heloisa Prieto, Gilberto Dimenstein ; ilustrações Maria Eugênia. - 2.ed. - São Paulo : Ática, 2011.
    48p. : il. - (Mano : cidadão-aprendiz)

    ISBN 978-85-08-14389-4

    1. Literatura infantojuvenil brasileira. I. Dimenstein, Gilberto, 1956-. II. Eugênia, Maria, 1963-. III. Título. IV. Série.

10-5841.   CDD: 028.5
                                                          CDU: 087.5

ISBN 978 85 08 14389-4
Código da obra CL 737389
CAE: 262152

2022
2ª edição | 9ª impressão
Impressão e acabamento: Forma Certa Gráfica Digital

Todos os direitos reservados pela Editora Ática, 2011
Avenida das Nações Unidas, 7221 – CEP 05425-902 – São Paulo, SP
Atendimento ao cliente: 4003-3061 – atendimento@atica.com.br
www.atica.com.br

IMPORTANTE: Ao comprar um livro, você remunera e reconhece o trabalho do autor e o de muitos outros profissionais envolvidos na produção editorial e na comercialização das obras: editores, revisores, diagramadores, ilustradores, gráficos, divulgadores, distribuidores, livreiros, entre outros. Ajude-nos a combater a cópia ilegal! Ela gera desemprego, prejudica a difusão da cultura e encarece os livros que você compra.

Mano descobre
A SOLIDARIEDADE

**Heloisa Prieto
Gilberto Dimenstein**

Ilustrações: Maria Eugênia

editora ática

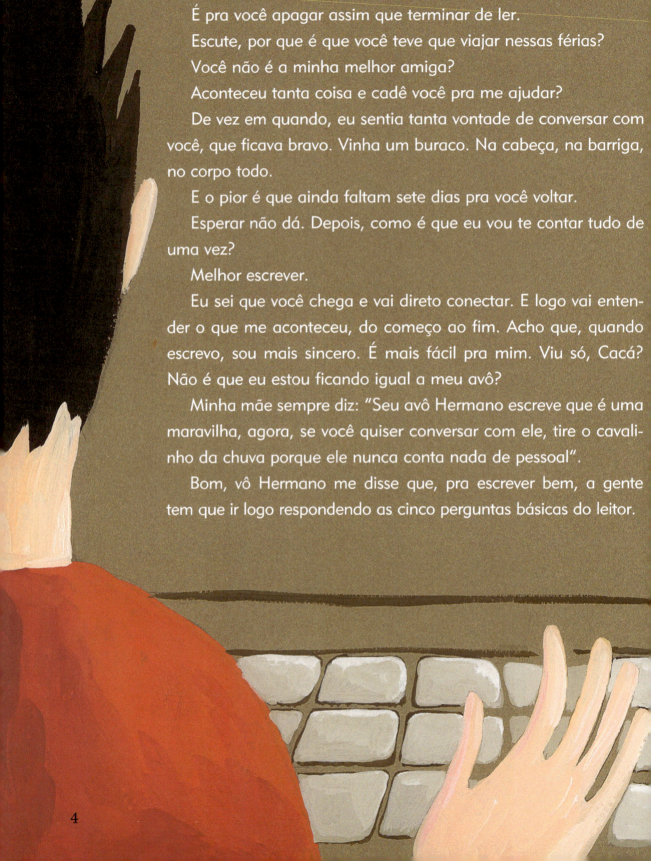

Carolina,
este é meu arquivo secreto.
É pra você apagar assim que terminar de ler.
Escute, por que é que você teve que viajar nessas férias?
Você não é a minha melhor amiga?
Aconteceu tanta coisa e cadê você pra me ajudar?

De vez em quando, eu sentia tanta vontade de conversar com você, que ficava bravo. Vinha um buraco. Na cabeça, na barriga, no corpo todo.

E o pior é que ainda faltam sete dias pra você voltar.

Esperar não dá. Depois, como é que eu vou te contar tudo de uma vez?

Melhor escrever.

Eu sei que você chega e vai direto conectar. E logo vai entender o que me aconteceu, do começo ao fim. Acho que, quando escrevo, sou mais sincero. É mais fácil pra mim. Viu só, Cacá? Não é que eu estou ficando igual a meu avô?

Minha mãe sempre diz: "Seu avô Hermano escreve que é uma maravilha, agora, se você quiser conversar com ele, tire o cavalinho da chuva porque ele nunca conta nada de pessoal".

Bom, vô Hermano me disse que, pra escrever bem, a gente tem que ir logo respondendo as cinco perguntas básicas do leitor.

Quando?

Onde?

Como?

Quem?

Por quê?

Quando? Onde?

Tudo começou na semana passada.
A aula de matemática estava bem difícil quando caiu um bilhetinho no meu colo.
Abri.

> A quadra de esportes foi completamente destruída!
> Estão dizendo que foi a chuva. É mentira!
> Alguém arrebentou tudo.
> Foi um crime!
> Leia e passe adiante!

Nisso, Maurício, nosso professor de esportes, entra na sala.
— Pessoal, vocês ficarão um tempo sem treino, porque a quadra foi inundada pela chuva e terá que ser reformada. Como nossa aula é a última do dia, quem quiser voltar pra casa mais cedo está dispensado!

— Mano, vamos na padaria encher a cara de sorvete?
Era o Oscar.
Ele senta na carteira de trás. Quer dizer, ele se equilibra, porque o Oscar é tão gordo que uma parte dele sempre fica pra fora da cadeira.

— Você adorou a notícia, né? – perguntei.
— Claro, cara, eu detesto esporte. Vamos lá, meu estômago está roncando.
— Tá certo... mas, Oscar, você vai matar a fome com sorvete?
— Mano, sorvete é só aperitivo, cara.

Então, Cacá, esse é meu novo amigo. Oscar Ferreira Carvalho. Um gênio da informática, você precisa ver. Mas, se tiver que andar dois quarteirões, ele reclama.

Na padaria, Oscar começa: três beirutes, porque beirute é light e corresponde a dois cheesebúrgueres. Dois litros de vitamina, porque é natural e não engorda. Mamão com queijo branco, sabe como é, fruta e queijo de regime, nada que engorde.

E, no final, já que ele comeu tão pouco, dois quilos de sorvete de chocolate porque ninguém é de ferro, certo?

E, no meio daquelas montanhas de pratinhos, copos vazios e guardanapos usados, Oscar olha pra mim bem sério e diz:

— Cara, eles estão mentindo pra gente! Onde já se viu reformar uma quadra de esportes no meio do ano? Algo de muito errado está acontecendo.

— Pra falar a verdade, eu também estou achando esquisito — respondi.

— Bom, se você quiser, eu descubro num minuto — ele disse.

— Como assim? — perguntei, meio desconfiado.

— É que o diretor escreve todo dia, ele tem uma espécie de diário, relatórios, sobre o que acontece na escola...

— Como é que você sabe disso, Oscar?

Ele ia começar a explicar quando vimos o Pipoquinha do lado de fora.

Cacá, você se lembra dele, não é? O filho do seu João Pipoca, o pipoqueiro que fica na porta da escola. Foi o Pipoquinha que me ensinou a empinar pipa e andar de rolimã. O cara é muito meu amigo.

– Ei, Pipoquinha! Vem cá conversar com a gente! – eu gritei.

E aí foi muito estranho.

O Pipoquinha olhou pra mim, fez a cara mais triste do mundo e saiu correndo.

É isso mesmo.

A toda.

Saí voando atrás dele.

Mas o cara já tinha sumido.

Por quê?

Ele é um de meus melhores amigos!

Sim, aquilo foi esquisito demais. Algo de muito errado estava mesmo acontecendo.

Sabe, Cacá, o Oscar vê mistério e conspiração em tudo que é canto. Por exemplo, ele acredita que metade da população é alienígena, que o governo sabe de tudo e esconde da gente. Ele acha também que a cura do câncer já foi encontrada, mas que as indústrias farmacêuticas lucram mais com a doença. E por aí vai. É tanta teoria que eu nem fico prestando atenção.

Mas, desta vez, ele tinha razão.

Algo de muito errado estava acontecendo em nossa escola...

Como?

Quando Oscar e eu chegamos em casa, a Shirley foi logo dizendo:

— Chispe pra casa da Anna porque estou dando uma ordem no seu quarto.

Ainda bem que a Anna mora no andar de baixo. Nem pegamos elevador, fomos de escada mesmo, o Oscar reclamando do exercício.

— Cara, prefiro elevador.

— Tá louco? É só descer, Oscar, também não exagera, hein!

— A sua empregada manda pra caramba. Você não fica bravo?

— Não. Ela é legal. Eu gosto da Shirley. O namorado dela, o Valdisnei, tem uma academia de capoeira. Você devia ir lá treinar, pra ver se perde um pouco de peso, Oscar.

— Cara, luta, pra mim, só se for de sumô.

— O quê?

— Você nunca viu? Aqueles big lutadores japoneses que ficam

só dando cabeçada? Eu soube que eles ganham a maior grana e passam o dia inteiro comendo. Bem que eu podia ter nascido no Japão, o reino da informática...

Tá vendo como é o Oscar, Cacá?

O cara é muito louco, não para de falar um minuto.

Bom, mas voltando ao mistério da quadra, quando a gente entrou na casa da Anna, ela e o Pedro estavam justamente falando disso.

Fomos pro quarto dela, que está cada vez mais lindo, com todas as cidades que ela monta com lego. A Anna olhou para o Oscar, dizendo logo:

— Que tal uma pipoca quentinha, Oscar?

Ganhou o cara na hora! Ele já estava de estômago roncando de novo. Enquanto ela e o Pedro foram pra cozinha, lá começa o Oscar...

— Mano, essa namorada do seu irmão... O cara deu sorte, tá certo que ele também é bem sarado... Você é tão magrinho, como é que pode um irmão ser tão diferente do outro?

Quando eu ia responder, a Anna e o Pedro chegaram com as pipocas.

— Mano, você está sabendo que a quadra da sua escola foi fechada? – perguntou a Anna.

Eu engolia uma pipoca bem naquele momento. A saudade do Pipoquinha, a cara dele fugindo da gente, tudo aquilo doeu.

– *Existe algo de muito errado nessa história* – foi dizendo o Oscar.

– *Também acho* – disse a Anna.

– *Ah, é delírio de vocês* – riu o Pedro.

– *Delírio coisa nenhuma, parece que está tudo meio diferente. Hoje, o Pipoquinha fugiu da gente, fiquei com a impressão de que ele estava chorando, foi muito estranho...*

– *Ah, não ligue, não. O Pipoquinha é seu amigo, daqui a pouco isso passa, se bem que... Bom, pra dizer a verdade, até o Sombra anda meio caladão* – disse o Pedro.

Cacá, você se lembra bem do Sombra, não é?

O cara mais do mal que eu já conheci, quase acaba com a vida do meu irmão.

– *Vocês nem imaginam o que está acontecendo com o Sombra, pessoal* – disse a Anna, com cara de quem sabe um grande segredo.

– *Conte logo* – pediu o Oscar, tomando a vasilha de pipocas só pra ele.

– *O Sombra está apaixonado!*

– *Ah, duvido!* – disse o Pedro.

— Eu também — eu disse.

— Mas é verdade! Ele se apaixonou pra valer. É por isso que agora o Sombra anda nas sombras, quieto, olhando para o nada.

— Quem te contou? — quis saber o Pedro.

— A garota de quem ele gosta.

— Você a conhece?

— Como é que ela se chama?

Anna riu um pouco, fazendo suspense e depois contou tudo de uma vez só.

— Bom, ela estuda na minha escola. O nome dela é Patrícia. No começo ela era toda tímida, certinha, muito mimada, o pai dela também é rico, tipo o pai do Sombra. Bom, um dia a garota pintou as unhas de esmalte preto, se vestiu toda de preto, pôs piercing no umbigo, batom vermelhão e começou a fazer gênero deprimida. Era suspiro o dia inteiro. Ninguém sabia o porquê.

— Já sei — eu disse —, foi por causa do Sombra.

— Não, não — continuou a Anna, rindo. — Vocês nem imaginam, mas deixa eu contar direito. Nessa época, ela mudou conosco também, destratou as amigas, e, se pudesse, ia logo roubando namorado. Parece até que tinha um caderninho, tipo uma agenda, marcando assim: "Todos com quem fiquei, todos com quem ficarei".

É lógico que ela perdeu as amigas. Ela andava tão esnobe, show de rock só se for na Europa, a carteira cheia de cartão de crédito, cada camiseta preta comprada na loja mais cara do shopping mais caro que ela pudesse encontrar. Bom, todo mundo começou a chamar a garota de Patty **Punk**.

— Mas então ela é igualzinha ao Sombra: papai é rico, eu sou noinha! — eu disse.

— Pois é. Alma gêmea, certo? Só tem um problema: ela fica com o Sombra, mas gosta mesmo é do Roberto.

— E quem é o Roberto?

— O Roberto quer ser dentista, é o cara mais sossegado e pacato que eu conheço. Por isso mesmo, ele nem quer ouvir falar da Patty Punk. Então, já que não consegue ficar com o garoto de quem ela gosta, dá-lhe Sombra.

— Cara, juro que me deu pena do Sombra! Você tem certeza de que ele ficou apaixonado? — disse o Pedro.

— Pedro, olhe lá, hein, não vai ficar grudado no Sombra de novo, o cara quase acabou com você, perdoar é diferente de esquecer!

— Ei, Anna, a fofoca tá boa, mas e a quadra? — perguntou o Oscar, irritado.

— É mesmo! — disse o Pedro. — A gente precisava descobrir a verdade, mas como?

— Falou em como, falou comigo!

Oscar correu para o micro da Anna. Pronto, ele ia dar um show!
– Posso conectar?

Anna concordou, e num minuto, com uma rapidez alucinante, Oscar entrou nos arquivos da escola intitulados "Relatórios Pedagógicos". Em seguida, ele localizou as atas de reunião. Foi aí que todas as nossas suspeitas se confirmaram.

> Pauta da Reunião:
> 1. A quadra foi depredada. O fato deve ou não ser revelado aos alunos?
> 2. Como descobrir quem são os responsáveis por esse ato de vandalismo?
> 3. Opções: avisar a polícia; convocar uma reunião de pais; manter sigilo e tentar descobrir por meio da observação dos professores.

Mal terminamos de ler a pauta, o Oscar gritava:
– Eu não disse? Depois vocês falam que eu invento, que eu tenho mania de perseguição, é verdade!!! Aconteceu um crime na escola! Eu vou falar com a Anísia, vou dar a maior bronca nela, não era pra esconder essas coisas da gente!
– Calma aí, Oscar – disse o Pedro. – Melhor manter sigilo por enquanto.

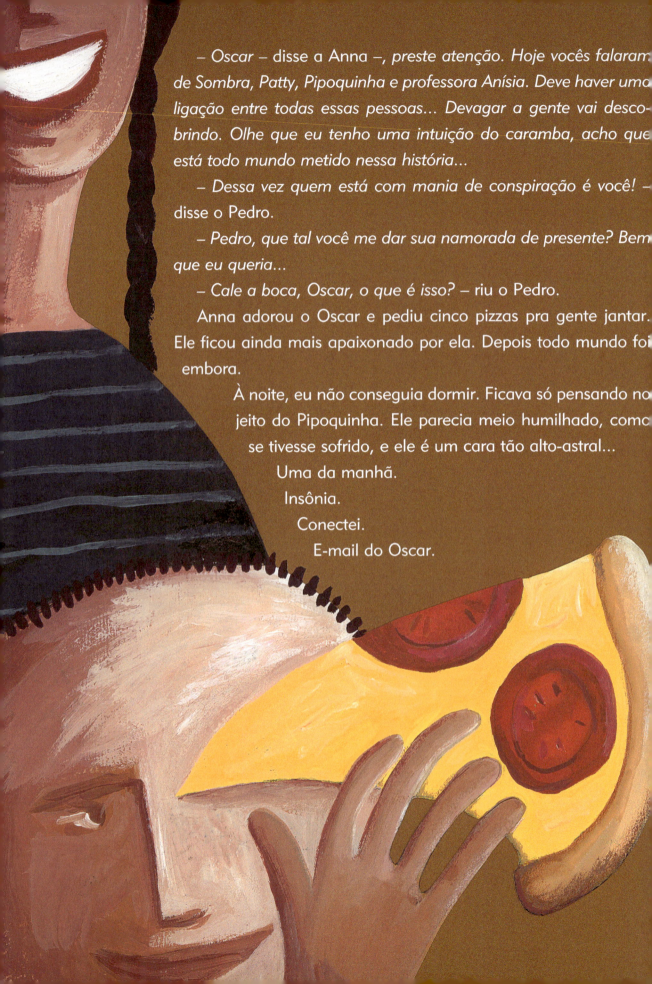

— Oscar — disse a Anna —, preste atenção. Hoje vocês falaram de Sombra, Patty, Pipoquinha e professora Anísia. Deve haver uma ligação entre todas essas pessoas... Devagar a gente vai descobrindo. Olhe que eu tenho uma intuição do caramba, acho que está todo mundo metido nessa história...

— Dessa vez quem está com mania de conspiração é você! — disse o Pedro.

— Pedro, que tal você me dar sua namorada de presente? Bem que eu queria...

— Cale a boca, Oscar, o que é isso? — riu o Pedro.

Anna adorou o Oscar e pediu cinco pizzas pra gente jantar. Ele ficou ainda mais apaixonado por ela. Depois todo mundo foi embora.

À noite, eu não conseguia dormir. Ficava só pensando no jeito do Pipoquinha. Ele parecia meio humilhado, como se tivesse sofrido, e ele é um cara tão alto-astral...

Uma da manhã.

Insônia.

Conectei.

E-mail do Oscar.

SOMBRA E PIPOQUINHA VÃO SE ARREBENTAR!

ALGO DE MUITO ERRADO ESTÁ PARA ACONTECER!

A BRIGA FOI MARCADA PARA HOJE À NOITE, NA QUADRA DA ESCOLA DO PIPOQUINHA.

PARECE QUE O SOMBRA VAI SOLTAR OS CACHORROS EM CIMA DA TURMA.

Cacá, não deu outra.
Pulei da cama, corri para o quarto do Pedro. Por sorte, ele estava acordado. Saímos de fininho. A escola do Pipoquinha fica a dois quarteirões da nossa casa. Mal sabia que a Shirley e o Valdisnei nos seguiram.

Quem?

Do lado de fora da escola pública, onde o Pipoquinha estuda, era o maior silêncio. Luz apagada.

— *Será que o Oscar está bancando o engraçadinho?*

Pedro estava ficando irritado.

— *O Oscar não mente, Pedro.*

De repente, barulho de vidro quebrado.

Um gemido.

Cães latindo.

— *Ih, caramba!*

Mal disse isso e o Pedro já foi pulando o muro.

— *Anda, vem também, Mano.*

Eu não sou esportista como meu irmão. Subi no muro devagar e estava virando pra saltar dentro da escola quando vejo os dois chegarem. Shirley e Valdisnei. Você não imagina o alívio.

— *Espera aí, a gente já alcança vocês.*

Shirley conhece bem a escola porque tem amigas que fazem o curso noturno lá. Ela e o Valdisnei deram a volta por fora e, quando entraram, foram direto para a quadra. E, quando o Pedro e eu chegamos lá, já estava tudo acontecendo.

Era pior que o **Pânico**.

Sombra e Patty Punk, de preto, com dois cachorros infernais, puros pit-bulls, latindo, babando, avançando sobre o Pipoquinha e dois amigos dele.

A camiseta do Pipoquinha estava tão molhada de suor que parecia que o cara tinha saído da praia. A cara branca, a boca toda retorcida de medo. Um amigo dele estava com a calça rasgada, acho que ele já tinha sido atacado pelos cães.

E o Sombra ria. Ria muito. Era horrível de ver.

O pior é que não parava nisso, não.

O resto da turma do Sombra estava acabando com a escola. Vidro quebrado, carteira arrebentada, jogaram tinta vermelha no quadro negro. Rasgaram a rede de vôlei. Cacá, era revoltante.

E, de novo, eu senti um ódio absurdo do Sombra, como quando ele quase matou meu irmão. Eu quis voar pra cima dele, com cachorro e tudo. E eu fiz isso. Mas antes que eu conseguisse chegar perto do Sombra, e aí era morte certa porque ele ia soltar o cachorro em cima de mim, um braço me agarrou pela cintura e eu caí. Valdisnei.

Cacá, eu vivo conversando com o Valdisnei. Ele é o cara mais engraçado que eu conheço. A gente morre de rir, vendo absurdo na televisão. Mas, nessa noite, foi como se eu não o conhecesse. Porque o Valdisnei que surgiu ali tinha uma calma, um jeito de andar e uma força que punha qualquer **Van Damme** no chinelo.

– *Fique aí* – ele disse pra mim.

Depois tirou os sapatos. É isso mesmo. Ficou descalço. E tirou a camisa. Ele começou a caminhar em direção ao Sombra e, de repente, se transformou numa espécie de guerreiro.

O rosto sério, mas calmo, com a expressão de atleta na hora de dar um salto em Olimpíada. Era como se ele não fosse alguém do nosso tempo, era um espírito da guerra, um deus da luta, sei lá.

Acho que o Sombra sentiu o clima também. Parou de rir.

– Deixe de lado esse cão, garoto, venha para uma conversa de verdade – disse Valdisnei.

O Sombra custou a responder. Mas então a Patty Punk colocou a mão na cintura:

– E aí, Sombra, vai aguentar provocação, é?

Cacá, acho que o Sombra estava mesmo apaixonado. Tá na cara que ele estava sentindo a firmeza do Valdisnei. Mesmo assim, topou.

– Vamos sair no braço! Está pra nascer o homem que vai me jogar no chão!

Patty riu muito e aplaudiu. Eu já não sabia mais quem odiar, o Sombra ou aquela menininha estúpida fingindo que sabia das coisas.

A turma toda fez silêncio. Sombra passou a coleira do cachorro para a Patty. Tirou a camisa também. Todo o mundo sabe que o Sombra vive na base de remédio pra ficar mais musculoso e que passa o dia todo em academia.

De repente, Valdisnei começou a rodear o Sombra. Rindo. Olha só. Mas não com uma risada cínica e maldosa. Ele sorria como se estivesse para entrar numa brincadeira ou festa de criança.

O Sombra virou uma fúria.

Fez a maior cena. Tipo coreografia de filme de caratê.

A turma aplaudiu.

Ele riu também.

Cínico.

E o Valdisnei passou uma rasteira no cara.

Uma só.

O Sombra desabou. Caiu de cara. Bateu o queixo. Doía tanto que ele não conseguia levantar.

O Valdisnei virou para a turma:

— *Pessoal, vamos voltar pra casa, chega dessas coisas!*

E a turma ouviu o que ele dizia. Começaram a sair mesmo.

Foi então que a Patty Punk virou uma fúria. Ela é o tipo da garota que não admite perder. Nada. Ninguém. Nunca. Ela estava segurando aquelas coleiras de fio bem comprido. Apertou o botão da coleira, os fios se esticaram e os cachorros quase morderam a canela do Valdisnei.

Aí quem entrou pra briga foi a Shirley.

Bom, ela também briga pra caramba, afinal, vive na capoeira, sabe tudo que é golpe. Só que a Shirley luta gritando. Virou o maior barraco.

— *Ah, sua patricinha mimada, eu arranco todos os fios desse seu cabelinho tão bem cortado, depois eu juro que arrebento seu brinquinho de umbigo, corto toda essa sua roupinha chique em pedaço que não vai sobrar nada...*

Cacá, se você visse, não acreditava.

Era uma mistura de pontapé, gritaria, cachorro latindo, fio de coleira enrolando pra tudo que era lado.

A turma do Sombra se dividiu. Nem todo mundo queria defender aqueles dois. O Valdisnei tinha impressionado o pessoal.

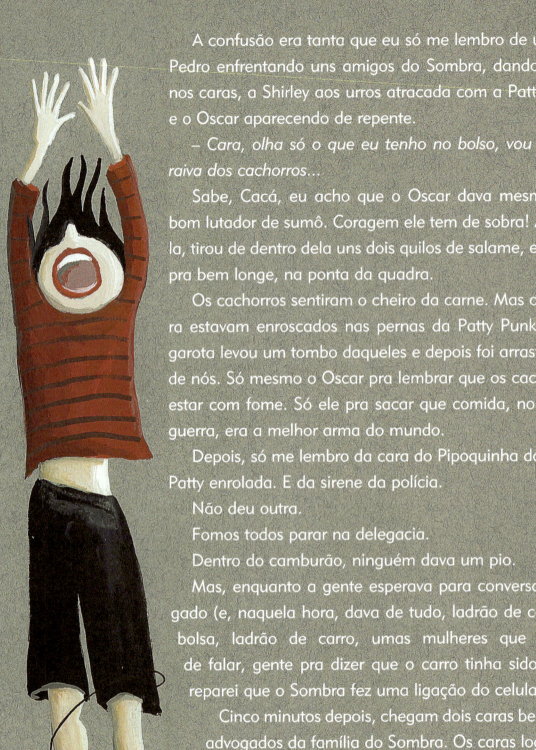

A confusão era tanta que eu só me lembro de uns pedaços: o Pedro enfrentando uns amigos do Sombra, dando um ralo bom nos caras, a Shirley aos urros atracada com a Patty, eu, do lado, e o Oscar aparecendo de repente.

— Cara, *olha só o que eu tenho no bolso, vou acabar com a raiva dos cachorros...*

Sabe, Cacá, eu acho que o Oscar dava mesmo pra ser um bom lutador de sumô. Coragem ele tem de sobra! Abriu a mochila, tirou de dentro dela uns dois quilos de salame, e jogou o treco pra bem longe, na ponta da quadra.

Os cachorros sentiram o cheiro da carne. Mas os fios da coleira estavam enroscados nas pernas da Patty Punk. Resultado: a garota levou um tombo daqueles e depois foi arrastada pra longe de nós. Só mesmo o Oscar pra lembrar que os cachorros podiam estar com fome. Só ele pra sacar que comida, no meio daquela guerra, era a melhor arma do mundo.

Depois, só me lembro da cara do Pipoquinha dando risada da Patty enrolada. E da sirene da polícia.

Não deu outra.

Fomos todos parar na delegacia.

Dentro do camburão, ninguém dava um pio.

Mas, enquanto a gente esperava para conversar com o delegado (e, naquela hora, dava de tudo, ladrão de casa, ladrão de bolsa, ladrão de carro, umas mulheres que não paravam de falar, gente pra dizer que o carro tinha sido roubado), eu reparei que o Sombra fez uma ligação do celular.

Cinco minutos depois, chegam dois caras bem-vestidos. Os advogados da família do Sombra. Os caras logo foram recebidos pelo delegado e, num minuto, a Patty e o Sombra foram chamados para prestar declaração.

Quando saíram da sala, olharam para nós com cara de vencedores.

"Ferrou", pensei.

E tinha ferrado mesmo.

Porque o Sombra e a Patty distorceram a história, colocando a culpa de tudo no Pipoquinha. Segundo a versão deles, o Pipoquinha já tinha arrebentado a quadra da escola com seus amigos, depois provocou o Sombra e a Patty até eles não aguentarem mais. Por isso eles estavam lá, para defender o espaço da escola contra esses vândalos, meninos de rua sem nenhuma educação.

Assim que o delegado começou a nos interrogar, senti o clima.

Ele só perguntava: quem é o responsável?

E, quando o Valdisnei tentava dar sua opinião, o delegado era muito agressivo com ele e dizia: "Espere sua vez, ainda não chamei você".

Eu sei que a situação foi piorando cada vez mais, e eu já estava me conformando em passar a noite inteira naquele lugar, quando meu avô apareceu com o Caetano, o namorado da minha mãe.

– Como foi que o senhor soube que a gente estava aqui? – perguntou o Pedro.

Foi a Shirley quem falou:

– Celular eu não tenho, mas dá pra ligar do orelhão, né?

E aí, Cacá, sabe como meu avô é poderoso.

Foi logo impondo respeito com o delegado, telefonou para um amigo dele, advogado, e, pra encurtar a conversa, todo mundo foi liberado.

Acabamos na minha casa. Minha mãe nos recebeu com carinho, estava aliviada porque ninguém tinha se machucado muito. Então, já que era impossível dormir, ela e a Shirley serviram chá de camomila com biscoitos. Sentamos na sala e passamos um tempão conversando.

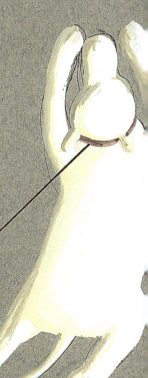

Por quê?

— Eu só queria saber o porquê! — ficava repetindo o meu irmão. — Por que o Sombra gosta tanto de fazer o mal para as pessoas? Por quê?

Você sabe, Cacá, que minha mãe é psicóloga, que é tão boa conselheira que vive cheio de amigas dela aqui em casa, pedindo conselho. É o tempo todo assim: Camila, me ajude a resolver isso, Camila, o que você acha? Foi nessa noite que eu entendi o porquê. Eu vi um lado tão bonito da minha mãe que, aos poucos, fui esquecendo de tudo o que tinha acontecido antes. Do medo, da raiva, do cansaço.

– Pedro, na Índia, existe uma história assim: quando o mundo foi criado, havia tanta beleza e harmonia que os demônios não se conformaram. Eles precisavam dar um jeito de destruir tudo aquilo. Então, raptaram as nuvens do céu. Veio a seca. Quase todas as criaturas morreram. Nisso, um velho ofereceu seus próprios ossos para que o deus da terra tivesse uma arma para enfrentar os demônios. Ele deu sua vida para que reinasse a paz. Seus ossos eram mágicos e o deus da terra venceu os demônios. Eles ficaram com tanta raiva que se esconderam no fundo do mar, onde, até hoje, passam os dias arquitetando planos para destruir a humanidade.

– Mãe – disse o Pedro –, a história é muito legal, mas o que é que tem a ver?

– Bem, Pedro, quem foi que deu esse apelido de Sombra para o Júnior?

— Sei lá – disse o Pedro –, como é que eu vou lembrar?

— **Carl Jung** foi um dos maiores estudiosos da alma humana. Ele dizia que todo homem tem um lado luminoso e um lado sombrio. Quanto mais negamos nosso lado escuro, mais força ele ganha. Eu acho que vocês odeiam o Sombra desse jeito porque ele mostra tudo de ruim que pode haver dentro de vocês. Vocês têm medo da própria sombra, então o odeiam, como se ele fosse uma tela na qual vocês projetam o que mais detestam dentro de si.

— Mãe, eu até entendo o que você quer dizer, mas pra mim o cara é só um chato desmancha-prazeres – eu disse.

— Concordo – disse meu avô –, e essa namoradinha dele... a Patty Punk... essa menina nunca vai crescer, é completamente estragada. Quando envelhecer, vai virar perua punk, e ai de quem quiser ser feliz perto dela... "Une vieille fille", como se diz na França, quando se fala de uma solteirona ranzinza, uma menininha velha, e daí, meu caro, não existe plástica para a alma, certo?

— Calma, pessoal. Mano, é engraçado como você sempre está próximo de seu avô, na escrita, nas confusões, mas, como você é meu filho, é menos bravo e mais amoroso.

— Camila, eu sou um bom pai – reclamou meu avô.

— Mas, voltando ao Sombra, eu acho que ele sofre muito. Quem tem muitos demônios dentro de si, muito sofrimento, detesta ver os outros em harmonia, precisa destruir, provocar o

caos, assim fica mais confortável continuar dentro de seu próprio inferno – disse minha mãe.

– Ah, eu não acho nada disso, não – comentou a Shirley.

– Shirley e sua sabedoria! – disse meu avô. – Mande bala.

– Pra mim, o Sombra é filho de pais que não se separam. Sabe como é gente com muito dinheiro? Divórcio sai caro. Então é assim: "Querida, vamos passar mais um ano juntos em nome dos dez anos de infelicidade que já tivemos; depois, já que passamos um ano, podemos passar mais dois...".

Todo mundo riu. A Shirley imitando voz de milionário é muito engraçada.

– Mas os pais da Patty se separaram e ela é uma peste do inferno – eu disse.

– Vocês dizem que ela é mimadinha, e o que é ser mimada, já pensaram? – perguntou minha mãe.

– Ah, é ser uma criatura insuportável – respondeu o Pedro.

– Cínica e destrutiva – disse meu avô.

– Mimada é quando todos fazem tudo para ela – eu disse.

– Tá vendo? A Patty é frágil. Sem autonomia nenhuma. No primeiro fora que ela levar da vida, sei lá, um amor não correspondido, por exemplo, a garota já veste uma máscara, começa a competir com as amigas e vira o ódio de estimação da turma. Muito triste, no final.

— Ah, não, dona Camila, não vem com aquela história tipo se-eu-fosse-você-teria-pena! A senhora está falando essas coisas porque não viu a cara da menina soltando os cachorros em cima do Pipoquinha...

Minha mãe riu da Shirley e ia responder quando o Valdisnei falou assim:

— Lá no candomblé, dona Camila, a gente sabe que as pessoas nascem com um enredo. Sabe como é, caminho de vida. Tem gente que tem enredo fácil, outras têm enredo bem difícil. Quem tem enredo ruim, precisa dar um jeito de quebrar. Se esse Sombra arranjasse alguém que gostasse dele pra valer, ele quebrava esse destino. A mesma coisa vale pra essa Patty Punk: Oxum, a deusa do amor, é um orixá muito poderoso, consegue transformar tudo em ouro. Agora, ficar junto só pra aprontar maldade, aí não dá mesmo, tudo de mal que eles fizerem vai bater de volta triplicado, é a lei da vida.

— Que lindo, Valdisnei! Ainda bem que dessa vez eu tive alguém do meu lado. Se eu digo que o amor move montanhas, ficam me chamando de Camila, a ingênua romântica.

Todo mundo riu.

Depois, quando o Valdisnei estava saindo, minha mãe o abraçou com carinho e disse baixinho:

— Obrigada.

E DAÍ?

Só que daí, depois dessa noite, a coisa descambou de vez.
Na escola, outro bilhete anônimo.

> SEU PIPOCA ESTÁ PROIBIDO DE FICAR NA PORTA DA ESCOLA!
>
> PIPOQUINHA E SUA TURMA ENTRARAM AQUI E ARREBENTARAM A QUADRA
>
> LEIA E PASSE ADIANTE

Passei o bilhete para o Oscar. O cara ficou revoltado!
– Vamos direto falar com a Anísia!
Cacá, você se lembra bem da Anísia, né?
É a melhor professora de todos os tempos, ela já nos ajudou à beça.

Quando entramos na oficina de artes, Anísia nos olhou como se já soubesse de tudo. Fez sinal para que esperássemos. E depois, na hora do recreio, ela foi falando bem rápido como faz quando está nervosa!

– *Eu não acredito no que estão dizendo sobre seu Pipoca e o Pipoquinha! Por que eles haveriam de entrar aqui e depredar nossa quadra? Pra quê? Eles sabem brincar na rua, eles têm toda sua rotina de jogos, não precisam ficar por aí praticando atos de vandalismo. Algo de muito errado está acontecendo...*

– *Bom, Anísia, sabe como é...* – disse o Oscar.

– *O quê?* – ela perguntou.

– *Falou em coisa errada, falou em Sombra, certo? Tenho certeza de que essa história toda tem a ver com ele.*

– *Bem, vou tentar investigar* – disse Anísia –, *mas eu já perguntei pra todo mundo, o segurança, a faxineira, ninguém sabe de nada, ninguém tem pistas.*

– *Por que estão acusando o Pipoquinha?*

– *Por causa do que aconteceu na escola dele, por causa do episódio da delegacia, do boletim de ocorrência. Os advogados da família do Sombra enviaram a papelada para a diretoria da nossa escola* – ela explicou.

– *Mas não foi nada disso!* – gritou o Oscar, muito irado.

– *Então, me contem toda a verdade...*

Depois da conversa com a Anísia, na volta pra casa, o Oscar falava tanto que nem reparou que caminhamos três quarteirões.

– *Eu não disse, Mano, eu não estava certo?*

Quando entramos em casa e a Shirley viu o estado do Oscar, vermelho feito um pimentão, todo suado, correu pra geladeira para lhe apanhar uma bebida.

– Credo, Mano, tá querendo matar o menino?

Enquanto Shirley alimentava Oscar na cozinha, fui até a sala. Meu avô conversava com Caetano.

– Quando vejo essa molecada com essas roupas pretas tão caras, me parte o coração. No meu tempo, punk era pra valer. Quando eu era baterista da minha banda, Som & Fúria, a gente acreditava que estava revolucionando os costumes.

– Quer dizer que você foi baterista de uma banda punk, Caetano?

– É isso aí, Mano, dá pra acreditar? Nem eu mesmo acredito. E hoje, sinto tanta tristeza, os punks que estão por aí são a deturpação de tudo aquilo que queríamos...

Bom, Cacá, é como diz minha tia-avó espanhola: "Nada é o que parece ser". O Caetano, hoje em dia, é o cara mais tranquilo que conheço. Ex-baterista de banda punk! Que surpresa!

Eu pensava nisso quando meu avô, de cachimbo na mão, olhou pela janela, como sempre faz antes de dizer algo importante, e falou assim:

– Escute aqui, Caetano, punk não quer dizer pivete, moleque de rua, em inglês?

– É, tá certo.

– Então você está exagerando. Eu não entendo nada dessas músicas de hoje, rap, hip-hop, pra mim dá tudo na mesma, só sei uma coisa...

– O quê, seu Hermano? – perguntou o Caetano.

– Que a moçada das ruas está por aí, cantando sua música, e bem alto por sinal. Se as roupas pretas viraram coisa de butique, é só casca velha de ferida, o espírito da rebeldia continua soprando seu vento nas esquinas...

Eu quase disse que concordava quando o Oscar entrou na sala aos gritos.

— Mano, cara, já sei! Vou acabar com essa baixaria toda num minuto!!!

E, num minuto, estava todo mundo reunido para resolver o mistério da quadra. Pedro e Anna, meu avô, Caetano, Shirley e Valdisnei. Nossa sala parecia cenário de **Missão Impossível**.

— Bom, pessoal, o plano é o seguinte... — foi dizendo Oscar, superfeliz de ser o centro das atenções.

— Ande, Oscar, fale logo — disse o Pedro.

— Anna, o Roberto, o tal do seu amigo que quer ser dentista, o cara que é o amor da Patty Punk, é um cara legal?

— Oscar, ele é um cara bem legal e muito amigo meu.

— Se a gente pedir, ele desmascara a Patty?

— Mas como, Oscar?

— Segredos virtuais, meu caro Pedro, deixe comigo...

ENTÃO...

Tudo aconteceu rápido demais, até pra mim.

Roberto topou.

Não sei por que, ele estava uma fera com a Patty.

O plano era mesmo tipo filme americano: Oscar prendeu uma microcâmera nas roupas do Roberto, deu um jeito para que a conversa entre ele e Patty fosse transmitida virtualmente. Lá em casa, quando rolasse a confissão, todos poderiam ver e ouvir.

Quando chegasse a hora da conversa, nove da noite, em ponto, o Roberto puxaria o assunto com a Patty, no restaurante onde estariam jantando.

Fomos fazendo a contagem regressiva.

Mas, quando chegou a hora H, quem ficou muito brava foi minha mãe.

Ela foi a última a saber dos detalhes do plano. Aliás, Cacá, ela só soube o que estávamos fazendo quando entrou em casa e deu com a família inteira reunida, todo mundo com cara de espião.

Minha mãe fechou o maior tempo, disse que isso era uma maldade, invasão de privacidade, desrespeito pelos sentimentos de uma menina que já era bastante problemática, que, por mais perversa que fosse a Patty Punk, nós estávamos sendo ainda piores que ela. Você nem imagina, ela não parava de falar.

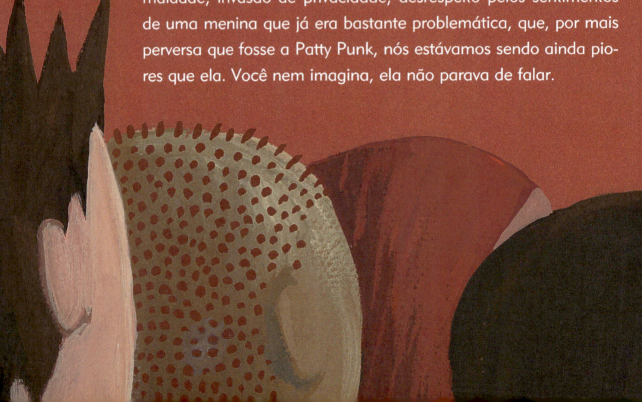

Onde já se viu? A menina tem um sério problema afetivo, na hora em que ela se expõe, tira a máscara, revela os próprios sentimentos, vocês a destroem? Isso é péssimo, eu não acredito no que vocês estão fazendo, é abominável! O fim não justifica os meios!

No meio da bronca, Oscar pede silêncio, a cara de Patty aparece na tela.

E sabe o quê?

Não é que minha mãe tinha razão?

Cacá, foi a primeira vez que vi o rosto de Patty Punk de verdade. Ela nem estava de preto, só pra você ter uma ideia. E os olhos dela... estavam derramando amor pelo Roberto. Acho que todos nós sentimos a mesma coisa, porque reinou um silêncio muito grande. Um silêncio de arrependimento misturado com um pouco de vergonha.

Então, parece até que minha mãe tinha dado alguma ordem pro computador. De repente, tudo sumiu. Deu pau. Nada de imagem.

– Ainda bem – disse minha mãe. – Até o computador tem mais juízo que vocês. Nunca vi tamanha falta de respeito e na minha própria casa, ainda mais! Que decepção horrível.

Nisso, meu avô resolveu falar.

– *Espera aí, minha filha, também não é assim! Em tempos de guerra, os códigos mudam! Essa molecada está praticando crimes, o negócio está violento! É natural que os meninos apelem para certos estratagemas tentando resolver a situação!*

– O quê? – perguntou minha mãe piorando da braveza.

– *O senhor não é o defensor da ética, da liberdade, e agora fica conivente com essa palhaçada de filminho de espionagem? Não acredito!*

Só que meu avô só pensava no Pipoquinha e no seu Pipoca. Ele também estava revoltado, mas era por causa da injustiça, por causa "desses riquinhos com zero à esquerda de consciência social".

Quando meu avô e minha mãe brigam, você nem imagina como fica a casa. Eu tentei ajudar, mas a Shirley me tirou de lado explicando que era uma "briga ideológica", como sempre diz meu avô, e que, no final, eles se entendiam.

Depois disso tudo, dormir era impossível.

Bateu uma culpa daquelas. Eu só me lembrava do olhar da Patty na tela. Olhos de gente que sente amor. Ainda bem que deu pau no sistema. A gente tinha mesmo exagerado. Mas espera, esse negócio de pane era estranho. Voltei pro micro. Liguei. Tudo normal. Que coisa... será que existe alguma força do além que comanda computadores, tipo filme de ficção científica?

Eu quase falei dessa minha suspeita sobre o computador pro Oscar na manhã seguinte, mas nem foi preciso, porque logo ficamos sabendo o que tinha acontecido. Deu o maior pau mesmo. Mas a briga aconteceu lá em casa, o Roberto veio furioso pra ter uma conversa séria com meu irmão e a Anna.

Ele sentou no sofá e custou um tempão pra falar.

Então, a Anna puxou o assunto:

— Roberto, foi você que desligou a microcâmera, não foi?

— Foi sim. Eu me senti ridículo. Eu me senti um monstro. Aquilo era uma palhaçada, nem sei como foi que eu concordei.

— Tudo bem, tá certo, a gente pisou no tomate, mesmo — ela disse —, mas o que foi que você descobriu?

— Ah, vocês não aprendem mesmo. Não acredito! Ficam insistindo pra que eu banque o dedo-duro, **James Bond** de quinta categoria, tá louco. Só porque vocês se dão bem, estão felizes, acham que sabem de tudo, que podem tudo, que estão acima de tudo.

— E você não vai dizer nada pra gente?

— Digo sim. Digo que a Patty, por baixo daquela fantasia toda, tem um coração como todo mundo.

— Não acredito, Roberto, ela te pegou — disse meu irmão. — Não é que você caiu na rede da garota? Cara, não me diga que você está gostando da Punk?

Primeiro eu pensei que o Roberto fosse dar um murro no meu irmão. Mas foi o contrário. Ele ficou vermelho feito pimenta. Olhou pro chão. Bateu a maior timidez. Não é que ele estava mesmo apaixonado?

— Eu vou contar tudo, mas só porque ela me autorizou, certo? Eu não traio as pessoas, ponto-final.

— Tudo bem, já deu pra entender, mas conte então — pediu a Anna com delicadeza.

— A verdade é horrível. A Patty estava se sentindo muito mal com a história toda. Na semana passada, o Pipoquinha e seus amigos entraram na escola do Sombra depois das aulas. Eles pularam o muro. A Patty estava conversando com o Sombra na padaria da esquina e foram atrás pra ver o que estava acontecendo. Os garotos estavam jogando bola na quadra. O Sombra quis expulsá-los, dizendo que eram um bando de pivetes sujos. Pipoquinha queria a quadra emprestada porque a de sua escola estava alagada pelas chuvas. Eles só queriam jogar um pouco.

O Sombra riu. Fez piada. Disse que vida de pobre é assim mesmo, tem que ralar. Pipoquinha foi pra cima do Sombra.

— Então? — perguntou Pedro.

— Então que o Pipoquinha foi criado na rua, nunca fez musculação nem tomou vitamina, mas sabe se defender. Ele deu uma surra no Sombra.

— E daí? — eu perguntei.

— Daí que a Patty me disse que o Sombra pegou o celular e ligou pra turma toda. Quando eles chegaram, o Pipoquinha já tinha ido embora há muito tempo, mas, na correria, ele esqueceu um caderno com seu nome. O Sombra arrebentou com a quadra e deixou o caderno à vista. Depois, teve o episódio na escola do Pipoquinha, com boletim de ocorrência e tudo. E aí, você já sabe: a culpa caiu toda no Pipoquinha. Essa é a mais pura verdade.

— Que horror! — disse Anna.

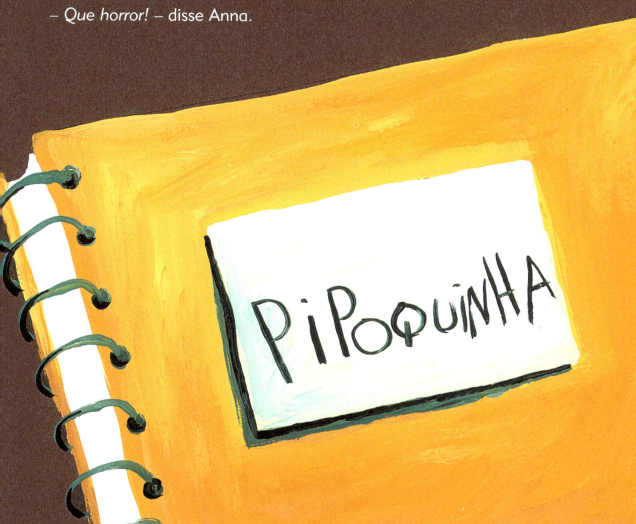

— Bom, agora chega. Mas vocês me prometem que mudam o jeito de falar com a Patty porque ela está passando mal com tudo isso, diferente do Sombra que não está nem aí, que fica dizendo que faria tudo de novo, que arrependimento é uma palavra que não existe no dicionário dele.

Nós concordamos, claro.

Depois, chegou a hora de contar tudo para minha mãe, meu avô, Shirley, Valdisnei, era horrível falar do assunto, Cacá, eu detesto conversa séria, eu passo mal com essas coisas. Mas, no meio da confusão, o Caetano começa a sorrir de um jeito misterioso. Depois, levanta do sofá e sai da sala como se tivesse tomado uma decisão. Ele parecia muito maluco, repetindo sem parar:

— *Eu tenho uma ideia, vai dar tudo certo, eu tenho uma ótima ideia...*

FINALMENTE...

O Sombra foi expulso da escola.

Ponto-final.

Mas minha mãe fez questão de defender a Patty. A escola pediu aos pais dela que a garota fosse encaminhada para um tratamento, mas ela não foi expulsa.

Nunca vou me esquecer do último dia do Sombra na escola.

No final da tarde, quando eu passava pelo estacionamento dos professores, ouvi um miado.

Era um gatinho lindo, escondido debaixo de um carro.

Abaixei para vê-lo.

O Sombra chegou, mas não me viu, porque eu estava agachado.

– *Gatinho? Cadê você?* – ele chamou.

Corri e me escondi atrás da Kombi da escola.

Fiquei espiando o Sombra.

Ele se abaixou bem devagarinho, estendeu a mão e apanhou o filhote de gato. Depois, o acariciou com tanto cuidado que fiquei com um nó na garganta, cheguei a me emocionar, pois me lembrei do que minha mãe disse, e ela tinha toda razão: a gente não pode achar que alguém é totalmente do mal, a gente precisa sempre procurar o lado luminoso das pessoas, porque ele existe, mesmo que esteja escondido.

Sombra tirou os óculos escuros e sentou-se no chão.

Quando ele começou a cantarolar para o gatinho, vi que ele também era um menino e não uma espécie de máquina mortífera destruidora de tudo e todos.

Foi nessa hora que eu entendi por que meu irmão já tinha sido amigo dele. E daí eu pisei na bola. Eu o chamei.

– *Sombra! Sou eu, o Mano!*

Ele me olhou tão assustado, como se estivesse fazendo algo de muito errado. Nisso, chegaram os seguranças do pai dele. O Sombra colocou os óculos escuros.

– *Sombra, venha visitar a gente, passe lá em casa* – eu disse.

– *Vamos, menino* – falou um dos seguranças.

– *Sombra, ligue pra gente, cara, não suma, não* – pedi.

Mas o Sombra deu aquele sorriso cínico, horrível. Levantou-se rapidamente, o gato nas mãos, depois jogou o bichinho pra bem longe, virou de costas pra mim, entrou no carro importado, blindado, e eu soube que não o veria nunca mais.

A CONCLUSÃO

Sabe, Cacá, quando meu irmão era amigo do Sombra e vinha visitar a Anna, ele entrava na casa dela, ficava deitado no sofá, olhando para o teto sem conseguir falar.

Nesse dia eu fiz igualzinho.

Eu estava tão triste, com uma mistura de culpa, me sentindo um perfeito idiota, e só pensava assim: "Teto, teto, teto...".

E a Anna fez como antes. Não perguntou nada. Continuou montando suas cidades de lego, preparou pipoca, colocou um CD, e eu fui acalmando tanto que quase dormi. Mas daí chegaram Pedro e Oscar, falando sem parar.

— Mano, você vai adorar a novidade! A Anísia está aqui, quer dizer, aqui no prédio, na sua casa, junto com sua mãe e o Caetano. Eles estão felizes à beça, vieram comemorar!

— O quê? Não estou entendendo nada!

— Então, vamos lá, a gente precisa descobrir o que eles estão aprontando!

Mas, antes mesmo que eu chamasse a Anna, a campainha da casa dela começou a tocar.

De novo, todo mundo reunido, o mesmo circo: minha mãe, meu avô, Shirley, Valdisnei, Oscar, e, pela primeira vez, a Anísia e os pais da Anna, que, por sinal, são um barato, mas isso eu te conto depois.

O Caetano foi o último a entrar. Sabe por quê?

Ele estava carregando uma planta, várias pastas e, como ele é totalmente desastrado, meio que derrubava tudo toda hora.

Assim que todo mundo se espalhou pela sala, o Caetano abre uma planta e diz:

— Vamos ajudar a garotada dessa escola pública a reconstruir sua quadra. Anna, você me ajuda a construir uma maquete? Nós já temos um bom patrocinador para a reforma e, ainda bem, vários pais estarão conosco. Acho que dá pra desenvolver um projeto bem bonito, com uma pequena área de lazer pra molecada descansar depois do jogo, vejam aqui na planta...

E sabe, enquanto o Caetano ia mostrando a planta da reforma, superanimado, eu me lembrei tanto de você e daquele cara que sua avó gosta de ler, o tal do **Voltaire**, que olhava para o mundo ao seu redor, achava que tudo

era uma loucura, depois se unia com os amigos para construir seu jardim...
VOLTE LOGO!!!!!!!!!!
Assinado:
Mano, o melhor amigo que alguém pode ter na vida!

P.S.: Cacá, eu não tô convencido assim de verdade, é só pra você chegar e me ligar na mesma hora!

Referências

Movimento

Punk (p. 14)

A palavra "punk" faz lembrar jovens vestidos com roupas surradas, cabelos espetados e coloridos. O movimento punk começou na Inglaterra nos anos 1970 e se espalhou pelo mundo durante os anos 1980. Punk não é apenas um estilo, mas uma postura política e uma tendência musical. Entre as bandas mais famosas estão Ramones, The Clash, Sex Pistols e as mais recentes Green Day e Offspring. Na sua origem, o movimento punk era contra o conformismo e a desigualdade social, e a favor da liberdade de expressão e de comportamento; fazia crítica ao nazismo, ao racismo e ao autoritarismo. No entanto, algumas pessoas interpretam mal a atitude combativa do punk e cometem atos de vandalismo, o que deu ao movimento má reputação.

Filmes

Pânico (Scream, EUA, 1996) (p. 18)

Filme que conquistou o público adolescente com seu estilo que mistura horror e humor. O sucesso lhe valeu, até agora, duas sequências: *Pânico 2* (1997), e *Pânico 3* (2000). A grande sacada de Pânico é brincar com as convenções do terror, desde os ingredientes da trama até os recursos aterrorizantes da montagem. Mas, apesar da brincadeira e dos toques de humor negro, é um filme capaz de fazer você pular da cadeira de susto. O tema é o mesmo nos três filmes: um assassino mascarado e fanático por filmes de horror persegue a jovem Sidney Prescott (a atriz Neve Campbell) e seus amigos. O enredo intriga ao confundir vítimas e suspeitos, despertando no espectador a vontade de descobrir o assassino e suas razões.

Missão impossível (Mission: Impossible, EUA, 1996) (p. 35)

Inicialmente seriado de tevê americano, exibido entre os anos 1960 e 1970, virou filme e estourou nas bilheterias do mundo todo. Protagonizado pelo astro Tom Cruise, que teve a ideia do filme e o produziu, *Missão impossível* tem o estilo 007, com perseguições, ventanias, explosões e, como sempre, o agente-galã correndo risco de morte. Nas telas, Cruise é o agente secreto Ethan Hunt, que recebe missões arriscadas e difíceis, como recuperar uma lista com os nomes de todos os espiões do Ocidente que caiu em mãos inimigas (primeiro filme) ou capturar e destruir um vírus mortal desenvolvido em laboratório (*Missão impossível 2*, 2000).

Personagens e personalidades

Jean-Claude van Damme (1960-) (p. 19)

Ator, nasceu em Bruxelas, na Bélgica. Foi lutador profissional e campeão de caratê, e sua carreira seguiu o exemplo de outros lutadores – como Bruce Lee – que entraram para o mundo do cinema. Afinal, existem poucos terrenos tão apropriados para exibir habilidades marciais quanto os filmes de ação de Hollywood. Na maioria das vezes, é o próprio ator que elabora as coreografias de luta de seus filmes, que têm seu ponto alto nas cenas de combate. Jean-Claude van Damme já atuou em mais de 30 filmes.

Carl Jung (1875-1961) (p. 28)

Psiquiatra e psicanalista suíço, Jung estudou o significado das experiências ou objetos que surgem nos sonhos e descobriu que eles representavam símbolos muito antigos, que pareciam esquecidos. Segundo ele, temos quatro funções mentais: pensamento, sentimento, intuição e sensação. Isso nos torna seres complexos, sujeitos aos impulsos mais variados. Assim, não devemos julgar os sentimentos dividindo-os em "bons" e "maus", pois nossa personalidade contém os dois lados, e o primeiro passo para nos tornarmos pessoas melhores é aceitar os nossos "defeitos" e trabalhar para mudá-los.

James Bond (p. 40)

O agente 007 do Serviço Secreto Britânico é um dos personagens mais famosos do cinema. Criado pelo escritor Ian Fleming, suas histórias já renderam mais de 20 filmes. Desde 1962, ano da primeira filmagem, o papel de James Bond foi vivido por diferentes atores: Sean Connery, Roger Moore, Thimothy Dalton, Pierce Brosnan e Daniel Craig. Suas aventuras reúnem os principais ingredientes do gênero espionagem: missões e perseguições ao redor do mundo, grandes vilões e lindas garotas, possantes automóveis e incríveis e bem-humorados acessórios inventados pelo cientista Q, como o chaveiro com gás paralisante, a caneta com granada e o relógio com receptores de mensagens.

Voltaire (1694-1778) (p. 46)

François-Marie Arouet, que ficou conhecido como Voltaire, é um dos maiores escritores europeus do século XVIII. Sua obra atravessa os mais variados gêneros, do teatro à filosofia, da historiografia ao romance. Seu livro mais conhecido, *Cândido ou o otimismo*, escrito em 1758, é um exemplo de sagacidade e ironia. O jovem Cândido é discípulo do Dr. Pangloss, um filósofo seguidor da máxima de que "este é o melhor dos mundos". Mas os infortúnios e dificuldades que Cândido vê e sofre levam-no a duvidar de tamanho otimismo. Após uma série de peripécias, o personagem descobre que o verdadeiro segredo da felicidade é "plantar seu próprio jardim".